15 spannende Gruselgeschichten

arsEdition

Bibliografische Information Der Deutschen Bibliothek

Die Deutsche Bibliothek verzeichnet diese Publikation
in der Deutschen Nationalbibliografie;
detaillierte bibliografische Daten sind im Internet über
http://dnb.ddb.de abrufbar.

5 4 3 2 1   09 08 07 06

© 2006 arsEdition GmbH, München
Alle Rechte vorbehalten
Titelbild: Laurence Sartin
Titel- und Rückseitenvignetten: Betina Gotzen-Beek
ISBN 13: 978-3-7607-1509-4
ISBN 10: 3-7607-1509-5

www.arsedition.de

Inhalt

Schlotterine von Unkenstein

Schloss Unkenstein
ist berühmt.
Noch berühmter ist Schlotterine,
die schlotternde Geister-Dame.
Viele Leute kommen nur
wegen Schlotterine.

Aber Schlotterine hat Kummer.
„O weh", klagt sie.
„Ich kann
nicht mehr richtig schlottern!
Was soll ich nur machen?"

Schlotterine versucht alles.
Sie steckt sich
Eiswürfel ins Kleid.
Umsonst.
Schlotterine zuckt
nicht einmal zusammen.

Ritter Rauhaar bläst
auf dem Kamm.
Sonst bekommt Schlotterine
davon immer eine Gänsehaut.
Aber diesmal
hilft es nicht.

Schlotterine klettert
auf den höchsten Turm
und schaut hinunter.
Es kitzelt nur leicht
im Bauch.
Aber schlottern kann sie nicht.

Schlotterine ist ganz mutlos.
„Ich muss doch
zittern und schlottern!",
jammert sie.

11

„Ich weiß,
was dir fehlt",
sagt Ritter Rauhaar.
„Du brauchst Ferien!"
„Genau!", ruft Schlotterine.
„Dieses kalte Schloss
hab ich wirklich satt.
Ich will jetzt
Sonne, Strand und Meer!"

Schlotterine packt
ihre Koffer
und reist nach Italien.

Nach vier Wochen
kommt sie zurück –
erholt und ausgeruht.

Jetzt kann sie wieder
schlottern.
Auch Gespenster
brauchen eben Ferien!

Nächtlicher Besuch

Eva fürchtet sich vor Vampiren.
Mama muss jede Nacht
das Fenster schließen.
Sie muss Knoblauch aufhängen.
Denn Knoblauch schützt
vor Vampiren.

„Vampire gibt es nicht",
sagt Mama.
„Doch", behauptet Eva.
„Sie sind groß und dürr,
ganz bleich
und schrecklich gefährlich."

15

In einer Regen-Nacht
klopft es ans Fenster.
Eva springt aus dem Bett.
Vor dem Fenster
steht ein Mädchen.

Es ist so alt wie Eva.
„Lass mich rein",
bittet das Mädchen.
„Ich bin ganz nass
und mir ist kalt."

16

Eva öffnet das Fenster.
Das Mädchen
steigt ins Zimmer.
„Hallo, ich bin Jana",
sagt es.
„Du hast mich
vielleicht erschreckt",
antwortet Eva.
„Was machst du denn
nachts draußen?
Noch dazu
im Regen?"

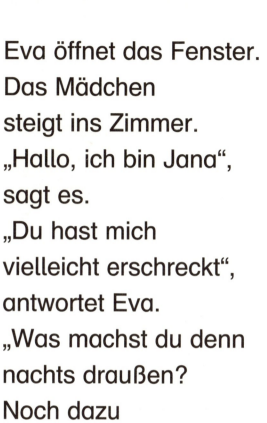

„Nur ein kleiner Ausflug",
meint Jana.
Sie schaut sich
neugierig um.
„Igitt, Knoblauch!
Tu ihn weg.
Sonst riecht
mein Umhang
danach."

Eva hängt den Knoblauch ab
und legt Janas Umhang
auf die Heizung.
Sie freut sich über
den Besuch.

Dann spielen sie zusammen:
Mikado und Halma,
Mühle und Dame.

Eva merkt gar nicht,
wie die Zeit vergeht.
Plötzlich schaut Jana
auf die Uhr.
„O weh, schon so spät!
Ich muss weiter.
Onkel Leo hat Geburtstag.
Ich bin eingeladen."

19

„Mitten
in der Nacht?",
wundert sich Eva.
„Wann denn sonst?",
fragt Jana.
„Sonnenlicht mag ich
wirklich nicht!"

Eva steht da
mit offenem Mund.
Jana nimmt
ihren trockenen Umhang
von der Heizung.

20

Sie klettert aufs Fenster
und winkt.
„Es hat aufgehört zu regnen.
Machs gut!
Es war nett bei dir."

„Und niemand
will mir glauben,
dass es doch
Vampire gibt!",
seufzt Eva.

Die Hexenprüfung

Hexe Flora trödelt gern.
Sie möchte pünktlich sein,
aber irgendetwas
lenkt sie immer ab.

Heute ist Hexenprüfung.
Da muss sie pünktlich sein.

Rabe Max verabschiedet sich
an der Tür.
Er sagt: „Trödle nicht wieder.
Denk an die Oberhexe."
„Ja, ja", sagt Flora
und schnappt sich
ihren Zauberstab.

Die Hexenprüfung
muss sie bestehen.
Dann bekommt sie endlich
ihren Hexenbesen.
Das wird toll.

Da sieht sie am Weg
etwas liegen.
Schuhe mit Rädern,
wie interessant.

Die muss sie natürlich
schnell ausprobieren.
Die Schuhe passen sogar.

Die ersten Schritte
sind etwas wacklig.
Doch dann kommen die Schuhe
in Fahrt. Schön!

24

Aber vielleicht
ein bisschen schnell.
„Halt!", schreit Flora.

Sie saust rasend schnell
auf die Stadt zu.
Wie bremst man die Dinger bloß?
„Aus dem Weg!", brüllt Flora.
Leute springen zur Seite.

Das Haus kann nicht wegspringen.
Flora hext ihm einen
schönen Torbogen
und braust hindurch.

Die Straßenbahn hält
mitten auf der Kreuzung.
Hexifexifax!
Schon schwebt sie
als Zeppelin
über der Stadt.

Oh nein, der Wochenmarkt.
Ausgerechnet heute!

Flora rammt die Blumenfrau.
Sie streift den Mann
mit den Luftballons.
Sie rollt über frische Landeier.

Da steht der Stand
von Metzger Meier.
Immer schneller rast
Flora darauf zu.
Was tun?

Im letzten Moment
hext sie den ganzen Markt
auf das Rathausdach.
Schön leer ist der Platz jetzt.

Erleichtert dreht Flora
sich noch einmal um,
stolpert und fliegt
in hohem Bogen
in den Fluss.

Platsch!
Da fällt ihr die Hexenprüfung
wieder ein.
Jetzt kommt sie zu spät.
Was wird die Oberhexe sagen?

Ängstlich macht sich
Flora auf den Weg.
Oben am Berg wird sie
schon erwartet.
„Du bist wieder mal unpünktlich",
sagt die Oberhexe streng.

„Aber die Hexenprüfung
hast du bestanden.
Wir haben
alles gesehen.
Das hast du
toll gemacht."

32

Flora bekommt einen
nagelneuen Hexenbesen.
Dann feiert sie
mit den anderen
bis tief in die Nacht
ein wildes Hexenfest.

Monstera

Mama und Henri
sind im Garten-Center.
Mama will Pflanzen kaufen
für den Balkon.

Sie kauft Lavendel,
weil Lavendel
nach Frankreich riecht,
und Tomaten-Pflanzen,
weil Gemüse gesund ist.

34

Henri liest,
was auf den Samentüten steht:
Petersilie und Bohnen,
Kresse und Dill.

Ganz unten im Regal
liegt eine Tüte,
die schmuddelig
und zerknittert aussieht.
M-o-n-s-t-e-r-a,
buchstabiert Henri.
Monstera, das klingt gut.

Mama erlaubt, dass Henri
genau diese Tüte
in den Einkaufswagen legt.
Sie hat nichts dagegen,
dass er etwas aussäen will.
Ganz im Gegenteil.

Zu Hause schenkt Mama
ihm einen Blumentopf.
Henri füllt Blumenerde hinein
und drückt die Samen
sorgfältig in die Erde.

Dann stellt er den Topf
auf seine Fensterbank
hinter die Gardine.

In der Nacht
wacht Henri plötzlich auf.
Was raschelt da so?
Er schaltet
das Licht an.

Da sieht er,
wie grüne Schlangenarme
aus dem Tontopf kriechen
und um die Gardine greifen.

Vorsichtig tasten sie
den Stoff ab.
Endlos lang sind sie,
haarig und dünn.

Henris Herz
schlägt wie verrückt.
Aber er will
kein Angsthase sein,
er will nicht
nach seiner Mama rufen!

Mit einem Satz
springt er aus dem Bett
und reißt das Fenster auf.
Er packt den Topf
und will ihn
aus dem Fenster werfen.

Aber die Monster-Ranke
klammert sich
an der Gardine fest.
Henri muss sie
mit aller Kraft
losreißen.

Endlich zerschellt der Topf
unten auf dem Gehweg.
Henri macht sofort
das Fenster wieder zu.

Sein Herz pocht
noch immer so wild,
dass er lange nicht
einschlafen kann.

Am nächsten Morgen
geht er gleich
nach draußen.

Auf dem Gehweg
unter seinem Fenster
liegen verstreut
Tonscherben und Erde.
Und dazwischen
leblose gelbliche Ranken
mit ein paar welken Blättern.

Winni, die Windzottel

Im Park
steht eine alte Eiche.
Dort wohnt Winni,
die Windzottel.

Wenn jemand
an der Eiche vorbeigeht,
fängt Winni an
zu heulen und zu klagen.
Wenn jemand stehen bleibt,
zaust sie ihm die Haare.

Oder sie bläst
in seinen Mantel
und weht ihm
den Hut vom Kopf.

Es macht ihr Spaß,
Leute zu erschrecken.
Manche bekommen Angst,
und laufen davon.

44

Eines Tages
kommt Oma Emmi vorbei.
Sie ist müde
und will sich
ein bisschen ausruhen.
Sie setzt sich
auf die grüne Bank
unter der Eiche.

„Huhu", schreit Winni.
„Wirst du wohl
wieder aufstehen?

Weißt du nicht,
dass es auf dieser Bank immer
ganz besonders windig ist?"
Winni bläst
ihre Backen auf
und pustet
mit aller Kraft.

Der Wind fährt
in Oma Emmis graue Locken.
Oma Emmi blinzelt.
„Was für ein
schönes Lüftchen",
sagt sie.

Winni strengt sich
noch mehr an.
Sie will
Oma Emmis Halstuch
wegblasen.
Sie schafft es nicht.
Das Halstuch
ist festgebunden.

„Herrlich",
seufzt Oma Emmi.
„Bei der Hitze
tut das gut."

Winni ist empört.
Sie schließt die Augen
und bläst,
so fest sie kann.
Blätter wirbeln
durch die Luft.

„Wer pfeift denn
da so schön?",
fragt Oma Emmi.
„Ich bins,
die wilde Windzottel!",
schreit Winni wütend.
„Hast du denn
keine Angst vor mir?"

Aber Oma Emmi
hört schlecht.
Sie merkt nicht,
wie Winni tobt.

Schließlich kann Winni
nicht mehr.
Vom Toben und Schreien,
Heulen und Blasen
ist sie ganz erschöpft.
Müde hängt sie
in den Zweigen.

50

Da steht Oma Emmi auf.
„Schön wars",
sagt sie.
„Diesen Platz
muss ich mir merken."
Zufrieden geht sie heim.

Entführt!

Professor Löwenburg
will einen Vampir fangen
und ihn erforschen.
Dann will er darüber
ein kluges Buch schreiben.
„Heute Nacht
kriegen wir den Vampir",
sagt Professor Löwenburg.

Mit seinem Helfer Gustav
legt er sich auf die Lauer.
Die beiden haben
eine Vampirfalle gebaut.
Jetzt müssen sie
nur noch warten.

Nach Sonnenuntergang
steigt Vampir Bodowin
aus seinem Sarg.

Er reckt und streckt sich.
Puh, wie steif
seine Glieder sind!
In der Gruft ist es
immer so kalt.
Aber Sport hilft!

„Vollmond, prima!",
sagt Bodowin und rennt los.
„Da macht das Laufen
wenigstens Spaß!"
Sein Umhang weht
hinter ihm her.

Bodowin läuft
von der Burgruine
bis zur Brücke.
Wie immer stoppt er
dabei die Zeit.
Ob er schneller ist
als letzte Woche?

Als Bodowin
auf seine Uhr schaut,
fällt ein Netz herab.
Gefangen!

„Hurra, wir haben ihn",
schreit Professor Löwenburg.

Gemeinsam mit Gustav
schleppt er den Vampir
in seine Villa.

Bodowin zappelt im Netz,
aber es hilft ihm nichts.
Zu Hause stellt der Professor
dem Vampir lauter Fragen.
„Wie alt bist du?
Wo wohnst du?
Was ist dein Hobby?"
Gustav schreibt eifrig
alle Antworten mit.
Sehr interessant!

Von Spinat
wird dem Vampir schlecht.
Milch kann er nicht leiden.
Vor Sonnenlicht
hat er Angst.

Endlich lassen die beiden
den Vampir in Ruhe.
Bodowin ist traurig.
Er will in seine Gruft zurück.
Aber die Tür
ist abgesperrt!
Was nun?

Bodowin schaut
nach oben.
Dort ist ein kleines Fenster.
Der Vampir lächelt.
Er breitet die Arme aus.
Schon fängt er an zu schrumpfen.
Seine Arme werden Flügel.

Dann fliegt er als Fledermaus
zum Fenster hinaus.

Als die beiden Forscher
zurückkommen,
ist der Raum leer.
Sie suchen überall,
aber den Vampir
finden sie nirgends.

Professor Löwenburg ärgert sich.
„Zu dumm!
Wie konnte er uns
bloß entwischen?"

Das Haarfresserchen

Der „Salon Scherenschnitt"
gehört dem Frisör
Ernst Schnibbelinski.
Zu ihm gehen nur
die feinen Damen
mit viel Geschmack.

Herr Schnibbelinski
weiß immer genau,
wie man in Paris
die Haare schneidet
und was ein moderner Frisör
so braucht.

64

Gestern hat
Herr Schnibbelinski
etwas ganz Modernes
aus Paris mitgebracht:
ein Haarfresserchen.

Es hopst immer
hinter ihm her und
frisst die Haare auf,
die beim Schneiden
herunterfallen.

„Mit einem Haarfresserchen
entfällt das Fegen",
erklärt Herr Schnibbelinski
seinen erstaunten Kundinnen.

„So habe ich mehr Zeit
für Sie!

Das Haarfresserchen ist zahm
und ernährt sich
nur von Haaren.
Sie können es streicheln."

Am nächsten Tag
betritt eine schöne Dame
den Salon.

Ihr Haar glänzt goldblond
in der Sonne
und fällt in weichen Wellen
den Rücken hinunter.

Dem Haarfresserchen
läuft das Wasser
im Munde zusammen.
Doch wieder schneidet
Herr Schnibbelinski
nur die dünnen Spitzen ab.
Wie so oft
bei langen Haaren.

Das Haarfresserchen
wird ganz kribbelig.
Wie gern möchte es
eine ganze Strähne futtern.

Es atmet tief durch,
dann ein Riesen-Hopser
und schon sitzt es
der Dame
auf dem Schoß.

Zu Tode erschreckt
springt die Dame auf
und stürzt schreiend
aus dem Salon.

Das Haarfresserchen
kugelt durch den Laden.
Pech gehabt!
Nicht ein Seidenhärchen
hat es sich
schnappen können.

Herr Schnibbelinski
ist rot angelaufen
vor Wut.
Noch am selben Tag
schickt er
das Haarfresserchen
nach Paris zurück.

Und zum Fegen
nimmt er wieder
einen richtigen
Besen.

Das Hexenbad

„Es ist mal wieder so weit",
sagt Max, der Rabe.
„Hm", brummt Flora.
Sie liest gerade
die Hexenzeitung
und hört gar nicht zu.

„Es ist mal wieder so weit",
sagt Max etwas lauter.
„Wovon redest du?",
fragt Flora.
Max erklärt, dass es Zeit
für die Badewanne ist.

„Oh, nein!", schreit Flora.
„Oh, doch!", sagt Max.

Flora mag nicht baden.
Sie findet sich hexensauber.

Die Zehen sind schön schwarz.
Die Fingernägel haben
einen tollen, grünen Hexenrand.
Die Knie sind so grau,
wie sie sein sollen.
Und der Schmutz
in den Ohren
knistert so schön,
besonders
beim Einschlafen.

Sie mault:

„Ich habe vor zehn Jahren

erst gebadet."

„Vor genau zwanzig Jahren

und drei Monaten", sagt Max.

Flora sucht neue Ausreden.

In der Badewanne

wohnt Familie Goldfisch.

Max hat sie schon

in den Teich gebracht.

Flora hat
keinen Hexenschaum mehr.
Max weiß, wo das Rezept ist.

1 Löffel Scheuersand
gemahlene Entengrütze
1 Glas Krötenspucke
etwas Waldmeistersirup
und
1 Becher Pustefix

Max hilft rühren,
bis alles schön schäumt.
Er dreht den Wasserhahn auf.

Flora zieht sich aus.
„Aber ohne Haare waschen",
knurrt sie.

Sie hält den dicken Zeh
ins Wasser.
„Warum badest du
eigentlich nicht, Max?"

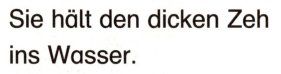

„Ich bin doch keine Ente!",
kräht Max empört.
„Ich etwa?",
fragt Flora.

Dann liegt sie endlich
in der Wanne.
Das Wasser blubbert.
Max ist ganz erschöpft.

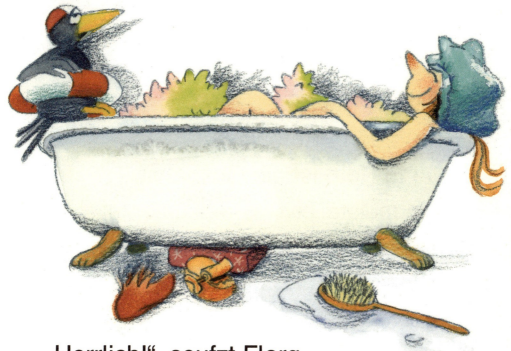

„Herrlich!", seufzt Flora.
„Ich könnte bis Ostern
drin bleiben."

„Immer dasselbe!",
krächzt Max.

Das Gespenst im Schuhschrank

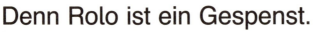

Daheim bei Anna
steht ein Schuhschrank.
Niemand weiß,
dass darin Rolo wohnt.
Denn Rolo ist ein Gespenst.
Die meiste Zeit
ist Rolo unsichtbar.
Aber man kann ihn riechen.
Er stinkt
wie ein alter Käse.

80

Rolo kann
sich auch verwandeln.
Manchmal sieht er aus
wie ein schäbiger Stiefel.

Dann wundern sich alle,
wo der Stiefel herkommt.

Einmal findet Anna auch
einen uralten Turnschuh.

„Wem gehört denn
dieser eklige Schuh?",
fragt Anna.
Natürlich gehört er niemandem.

Rolo hat nur Unfug
im Kopf.
Am liebsten
vertauscht er alle Schuhe.
Als Anna
ihre Sandalen sucht,
findet sie nur die linke.
Rechts steht ein Hausschuh.

Auch Papa schimpft.
Er hat sich fein gemacht.
Zum Anzug passen nur
seine schwarzen Schuhe.
Aber wo sind die bloß?
„Verflixt nochmal",
ruft Papa.
„Warum räumt denn keiner
den Schuhschrank auf?"
Dabei tut Rolo
das doch ständig!

85

Aber Rolo kennt
noch mehr Streiche.
Manchmal spuckt er
auf Annas Schuhe.
Gespensterspucke
macht Schuhe hart.

86

Nach dem Wandertag
hat Anna lauter Blasen.
An den Zehen,
an den Fersen,
einfach überall!
„Meine grünen Schuhe
ziehe ich nie wieder an",
sagt Anna.

Aber den größten Spaß
hat Rolo nachts.
Dann schlurft er
mit ganz schmutzigen Schuhen
durch den Flur.
Was für eine herrliche Spur
aus Matsch,
Krümeln und Dreck!

Morgens fallen
Mama fast
die Augen aus dem Kopf.
„Wer war das?",
fragt sie.
„Wenn ich den erwische!"
Doch den Rolo
erwischt sie nie!

Das Blaumonster

Auf einmal ist es da.
Es sitzt zwischen
Janas Kuscheltieren
auf dem Regal.
Blau und strubbelig,
nicht größer
als ein Tannenzapfen.

Jana rennt ans Telefon
und ruft Alex an.
Alex ist Monster-Experte.
Er kommt sofort,
um das kleine Wesen
anzuschauen.

„Hm", meint Alex schließlich,
„es gehört sicher
zu den Blaumonstern.
Die ernähren sich
von blauer Tinte."

Sofort holt Jana
eine Tinten-Patrone.
Das kleine Monster
schnappt sich die Patrone,
beißt ein Stück ab
und schlürft
die Tinte heraus.

Mit jedem Schluck
wird es ein bisschen blauer.
Als das Blaumonster satt ist,
lächelt es zufrieden
und schmiegt sich
an Janas Hand.

„Blaumonster
sind sehr anhänglich",
sagt Alex.
„Wenn es sich wohl fühlt,
wird es immer
hinter dir herlaufen."

Das merkt Jana schon
am selben Abend.
Das kleine Monster kriecht zu ihr
unter die Bettdecke
und kuschelt sich an.

Am nächsten Morgen
zieht Jana ihre weite Hose an.
Die mit den Beintaschen.
Da kann sich
das Blaumonster verstecken.

Aber Jana denkt nicht daran,
dass das Blaumonster
vor der Schule noch
frühstücken muss.

In der Schule
riecht es wunderbar
nach Tinte.
Das Blaumonster
wird ganz zappelig
in Janas Hosentasche.

Endlich kann es herausspringen.
Blitzschnell flitzt es
nach vorn zum Pult
und stürzt sich
auf das Notizbuch
von Janas Lehrer.

Wort für Wort
saugt das Blaumonster
die Tinte vom Papier,
bis alle Seiten leer sind.
Nun leuchten
seine Strubbelhaare
wieder tiefblau.

Janas Lehrer muss sich
erst mal setzen.

„Ohne meine Notizen
kann ich
keine Zeugnisse schreiben",
sagt er fassungslos.

Da drückt das Blaumonster
ihm einen dicken Tintenkuss
auf die Backe und sagt:
„Dann schreibst du einfach
für jedes Kind
eine schöne
Geschichte."

Der Geburtstag

Flora sitzt am Küchentisch.
Sie übt hexen.
Sie will alte Hüte
in Hexentorte
verwandeln.

Das ist schwierig.
Zuerst werden
aus den Hüten
harte Semmeln
und dann Spinat mit Spiegelei. Brrr!

98

Max sitzt
auf der Gardinenstange
und krächzt aus vollem Hals.

„Kannst du nicht leiser singen?",
fragt Flora.
Max krächzt weiter.

Flora verhext die Hüte
in welke Salatköpfe.
„Du nervst!",
knurrt sie.
Max krächzt weiter.

„Jetzt halt endlich
mal den Schnabel,
du Schreihals!",
schreit Flora.
„Hast du etwa
Schreihals gesagt?",
fragt Max wütend.

„Genau", brüllt Flora.
„Schrecklicher Schreihals!"

„Du verstehst
überhaupt nichts
von Musik!",
krächzt Max.

Beleidigt flattert er
auf und davon.

Jetzt ist es ruhig
in der Küche.
Flora will Hexentorte hexen.
Aber sie denkt an Max.
Aus den Hüten
werden Kürbisse.

Flora seufzt.
Wo ist Max bloß hingeflogen?

Am Abend ist Max
immer noch nicht zurück.
Und die Hüte sind
immer noch Hüte.

„Morgen ist mein Geburtstag",
denkt Flora traurig.
„Aber ohne Max
und ohne Torte
bleibe ich lieber im Bett."

Auch am Morgen ist Max
nirgends zu sehen.
Flora zieht sich die Decke
über den Kopf.

Da hört sie Stimmen im Garten.
Sie schlurft zur Tür.

Draußen stehen
die anderen Hexen.
Sie tragen eine große Hexentorte.

„Hast du nicht heute Geburtstag?",
fragt die Moorhexe.

„Stimmt", sagt Flora.

„Aber habt ihr Max gesehen?
Seit gestern ist er verschwunden!"

Doch niemand hat
den Raben gesehen.
Und ohne Max schmeckt
die beste Torte nicht.

Auf einmal krächzt es
oben im Baum.
Da sitzt Max
mit einem ganzen Raben-Orchester.

106

„Zum Geburtstag viel Glück"
singt er. Und:
„Ich küsse Ihre Hand, Madame."

„Schaurig-schön!",
grummelt die Wurzelhexe.
Da singt Max als Zugabe:
„Ein Freund, ein guter Freund ..."

„Oh, Max!", jubelt Flora.
„Ich sage auch nie mehr
Schreihals zu dir."
Max grinst.

Einauge hat Kopfweh

Einauge wacht auf.
Sein Kopf
tut höllisch weh.
Als wäre er
voller Felsbrocken,
die ständig
durcheinander rollen
und überall anstoßen.

Benommen taumelt Einauge
aus der Schlafhöhle.
Direkt in die Arme
seiner Mutter.
Die kriegt
einen Monster-Schreck.

„Einauge", sagt sie,
„du siehst ja
kein bisschen
böse aus!
Ist dir nicht
gut?"

Da weint Einauge
sogar eine echte Träne.

„Wir müssen sofort
zum Arzt",
sagt seine Mutter besorgt.

Doktor Schlawiner wundert sich,
dass plötzlich alle Leute
aus dem Wartezimmer rennen.

Dann entdeckt er
die beiden Monster:
ein kleines,
das nur ein Auge hat,
und ein großes
mit grünen Zöpfen
und rosa Monster-Sprossen
im Gesicht.

Doch zum Glück
hilft Doktor Schlawiner
allen Kranken.
Auch Monstern.

Einauge kommt sofort dran.
Doktor Schlawiner untersucht ihn
von Kopf bis Fuß.

„Klarer Fall",
stellt er fest.
„Ihr Sohn braucht eine Brille.
Das Auge muss sich
zu sehr anstrengen.
Daher das Kopfweh."

Noch am selben Tag
geht Einauge
auf den Schrottplatz.
Dort sucht er ein Gestell
für die Brille.

Und er findet auch eins:

ein kleines Zahnrad.

Das gefällt ihm

wirklich gut

und Einauge feilt

die Zähne schön spitz.

Doktor Schlawiner lötet
zwei Bügel dran
und setzt das Glas ein.

Jetzt kann Einauge
wieder ganz
klar sehen.

Sein Auge freut sich
und die Kopfschmerzen
sind wie weggeblasen.

Bevor Einauge schlafen geht,
legt er die neue Brille
in ein Glas Wasser,
damit sie so richtig
schön rostet.

So süß und rot!

Neben dem alten Friedhof
steht ein neuer Getränkemarkt.
Elena, das Vampirmädchen,
ist neugierig.
Die vielen Flaschen
interessieren sie sehr.

Geschickt klaut Elena
dem Nachtwächter den Schlüssel.
Sie schleicht heimlich
in den Markt hinein.
Sie kostet mal hier
und schleckt mal da.

Bald hat sie herausgefunden,
was ganz lecker schmeckt:
Granatapfel-Saft.
So süß und rot!

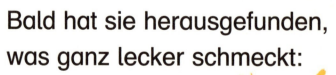

Von nun an
kennt Elena jede Nacht
nur noch ein Ziel:
Das Regal mit den roten Flaschen!

Die Vampir-Freundinnen
sind fast verzweifelt.
„Warum unternimmst du
nichts mehr mit uns?",
wollen sie wissen.
„Keine Lust",
sagt Elena.

„Im neuen Friedhof
findet ein Fest statt",
erzählt Vera.
„Willst du nicht hingehen?"

„Ich habe schon
etwas anderes vor",
sagt Elena
geheimnisvoll.

„Du machst
gar nichts mehr mit",
beschwert sich
ihr Freund Victor.
„Kein Fußball,
kein Versteckspiel.
Stinkfaul bist du geworden!"

„Und wenn schon",
seufzt Elena.
„Lasst mich doch in Ruhe."
Sie wartet,
bis die anderen Vampire fort sind.
Erst dann klettert sie
über die Mauer.

Oh, wenn die Freunde wüssten,
wie herrlich
der Granatapfel-Saft schmeckt!
Aber Elena wird es ihnen
nicht verraten!

Wie jeden Morgen will Elena
in ihren Sarg zurückklettern.
Aber was ist das?
Sie passt nicht mehr hinein.
Links und rechts
klemmt sie einfach fest!

„Das kommt
von deiner
Faulheit!",
ruft Victor.
„Du bist zu dick geworden!"
Zu dick?
Elena kriegt einen Schreck.
Tatsächlich! O weh!

Von nun an unternimmt
Elena wieder Ausflüge
mit den anderen Vampiren.

Sie spielt Fußball,
tanzt auf Vampir-Festen
und versteckt sich
hinter den Grabsteinen.

Und Granatapfel-Saft
trinkt sie nur noch
am Wochenende!

Wo ist der Hexenhut?

Hexe Flora ist sauer.
Ihr Hexenhut ist weg.
Gestern war der Hut noch da.
Heute ist er weg.

Flora sucht
unter dem Bett
und hinter der Tür.
Sie sucht in der Speisekammer
und auf dem Klo.
Nirgends ist der Hut zu finden.

126

Sie fragt Max, den Raben:
„Hast du meinen Hut versteckt?"
„Wieso ich?", krächzt Max.
„Was soll ich mit deinem Hut?"

„Weiß ich auch nicht",
brummt Flora.
„Dann hilf mir wenigstens suchen."

Flora sucht in der Küche.
Max sucht
auf der Gardinenstange.
Flora sucht im Regal.
Max sucht auf dem Schrank.

„Zu dumm", schimpft Flora.
„Ohne meinen Hut
kann ich nicht
aus dem Haus gehen."

„Nimm ein Kopftuch", sagt Max.
„Vielleicht das
mit dem Schneckenmuster.
Oder das giftgrüne
mit den Regenwürmern."

Flora ist genervt.
Kopftücher kann sie
nicht ausstehen.
„Niemals binde ich
ein Kopftuch um."

„Ohne etwas auf dem Kopf
kannst du nicht hexen", sagt Max.
„Ich will meinen Hut!", schreit Flora.

Sie rennt nach draußen.
Und bleibt verdutzt stehen.
Sie traut ihren Augen nicht.

„Hallo, Flora!", ruft Susi Rabe.
„Willst du dir
unsere Kinder ansehen?
Sie sind heute Nacht geschlüpft."

„Gestern Abend war ein Unwetter.
Es hat das ganze Nest zerfetzt.
Und darum mussten wir kurz
deinen Hut ausleihen“,
sagt Max verschämt.

„Oh!“ Flora grinst.
„Dann muss ich eine Weile
doch ein Kopftuch tragen.
Vielleicht das
mit dem frechen Rabenmuster.“

Der Störenfried

Rufus, der winzig kleine Vampir,
hat nur Unsinn im Kopf.
Heute Nacht ist es
wieder spät geworden.
Rufus hat sich verflogen.

Er surrt
durch ein offenes Fenster
und landet in einem Schrank.
Rufus ist so müde,
dass er sofort einschläft.

Am nächsten Morgen
wundert sich Rufus
über den Lärm.
Er lugt durch eine Ritze.

Na so was!
Ein Zimmer voll mit Kindern.
Das ist wohl eine Schule!

Schon wird es leise.
Die Lehrerin steht neben dem Pult.
Sie malt ein großes O
an die Tafel
und fragt:
„Wer kennt ein Wort,
das mit O anfängt?"

„Ofen, Orgel,
Oma, Otto",
rufen die Kinder.

Rufus findet es bald langweilig.
„Es soll lustiger werden!",
denkt er und pfeift.
Ein Vampir-Pfiff
wirkt Wunder!

134

Die Lehrerin stellt sich
auf das Pult.
Dann fängt sie an
Witze zu erzählen.
Von Otto, dem Ober-Orang-Utan,
der ganz frech alles klaute.
Und wie die Oma auf dem Markt
Ohrfeigen kaufen wollte.

Die Kinder lachen laut.
Rufus lacht mit.
Plumps, da fällt er
aus dem Schrank!
Zappelnd liegt Rufus
am Boden.

„Was ist das?",
schreit ein Junge.
Eine Hand greift nach Rufus.
Schnell fliegt er auf die Tafel.

„Was ist das?", schreien alle.
„Eine Fledermaus?"
„Nein, ein Vampir!"
„Fangt ihn!", ruft ein Mädchen.
Rufus entdeckt ein offenes Fenster.
O weh, mitten ins Sonnenlicht!
Macht nichts, Hauptsache weg!

Rufus landet mitten im Kirschbaum.
Ein gutes Versteck!
Und so schön schattig.
Hier wird Rufus bleiben,
bis es dunkel wird.